KB077727

들 풀 의 고 백

들 풀 의   고 백

초판 1쇄 인쇄 2017년 04월 18일
초판 1쇄 발행 2017년 04월 24일

지은이 장지연
펴낸이 김양수
표지 본문 디자인 곽세진   **교정교열** 표가은

펴낸곳 휴앤스토리   **출판등록** 제2016-000014
주소 (우 10387) 경기도 고양시 일산서구 중앙로 1456(주엽동) 서현프라자 604호
대표전화 031.906.5006   **팩스** 031.906.5079
이메일 okbook1234@naver.com   **홈페이지** www.booksam.co.kr

ISBN 979-11-960228-3-9 (03800)

목차

이 세상의 고통을 등 돌려 외면하고 싶을 때가 한두 번이 아니다. 차마 보기도 힘들고 듣기조차 힘들어 왜 이런 일들이 있어야 하는지 화가 날 때가 많다.

지금도 누군가는, 무엇인지 모를 죽음의 문턱에서 고통에 신음하고 있을 것을 생각하면 내 손발이 마비되어버릴 것만 같다. 도와주지 못하는, 갈 수 없는 나의 한계가 날 짓누른다.

그래서 난 펜을 들었다. 나처럼 외면하며 괴로운 사람들을 위해서, 나처럼 세상의 고통에 짓눌리는 사람들을 위해서 글을 썼다. 우리 모두 관심을 두자고, 우리 모두 서로를 지켜주자고, 우리 다 같이 용기를 내자고.

Part 1

고

백

들풀의 고백

나는 들에서 태어나 들에서 자랍니다.
예쁘지도 않고 향기도 없어
아무도 바라봐주지 않습니다.
사람들은 쉬고 싶어 내 위에 앉습니다.
아이들은 놀고 싶어 날 밟고 뛰어 다닙니다.
그러나 그들은 날 바라보지 않습니다.
잠자리나 벌들을 한 번도 만나보지 못했습니다.
난 키가 작고 꿀도 없으니까요.
난 매일 밟히고 또 밟힙니다.
아프지만 아무도 내가 아프다고 생각하지 않습니다.
왜냐하면 난 들에서 태어난 잡초니까요.

유일하게 내 뿌리 속까지 위로하는 이가 있습니다.
그는 이슬입니다.
아침 이슬은 내 유일한 친구입니다.
매일 만날 수 없지만 난 그에게 말합니다.

이슬님. 나도 밟히면 아픈데...
난 언제까지 밟혀야 하죠?

잡초야!
뿌리 속까지 전해지는 너의 아픔이 세상에 전해질 때
이기적인 세상이 너로 인해 눈물 흘리고 같이 아파하고
자신들을 되돌아볼 거야.
아침마다 내가 하늘에서 내려와
너를 촉촉이 적시며
너의 먼지를 씻어주며
너를 새롭게 도와줄게.

나의 사랑하는 친구 들풀아
이제 세상을 향해 고백해 보렴.

하늘의 대화

많은 군중 속에서
하늘을 바라보는 아이

고요한 어둠 속에서도
아이는 하늘을 바라본다.

아이야.
항상 높은 곳을 바라보면 힘들지 않니?
이제 그만 봐도 되지 않니?

아니요.
이렇게 낮고 낮은 곳에서
땅속 깊은 곳만 보고 살아온 지
마치 천 년이 된 거 같아요.
이제 올라가고 싶어요.
더 이상 내려갈 곳이 없어서
하늘밖에 안 보여요.

하늘을 향해 소원을 비는 아이
뜨거운 햇살과 차가운 어둠도
그 아이의 얼굴에서 하늘을 가릴지라도
하늘을 바라보는 그 아이

굵은 빗방울이 그 아이의 뺨에서
눈물이 되어 흘러주소서
거센 바람이 그 아이의 영혼을
바로 세워주소서
거친 파도가 그 아이의 걸음을
재촉하게 하소서

하늘이여
구름과 태양이 그 아이의 벗이 되며
어둠과 별들은 자장가가 되게 하소서
바람에 흔들리는 잎사귀들은
하늘의 곡조를 읊는 노래가 되게 하소서
들판의 모든 식물은
그 아이가 갇혔던 천 년의 세월을
위로하게 하소서

깨어 부수어라
맘속의 어둠을 깨어 부수어 나에게 오라
내가 너를 쉬게 하리니
내가 너를 위로하며 함께 하리니
천 년을 하루같이
하루를 천 년 같이 기다린 나의 품에서
영원히 영원히 함께하자

아이야 땅이 꺼질 것 같은 한숨이
너의 인생이었을지라도
난 너의 꺼져가는 불씨를 끄지 않았고
하늘밖에 보이지 않는 그 컴컴한 땅이
너의 영혼을 능히 삼키지 못하였음은
내가 허락지 아니한 까닭이라

내가 여기, 아직 여기 있으니
손 내밀어 날 잡아주세요.
당신의 힘으로 자유로이 날 수 있으니
날 잡아주세요.
내 소원, 단 한 가지 소원
날 붙잡아 주세요.

이 보석 반지는 나예요.
무인도의 구덩이에 빠졌는데
아무도 날 발견하지 못해서
이렇게 천 년 동안 있었어요.
−미술치료 받는 中−

절규

들에 핀 꽃의 아름다움을
알기도 전에
죽지 못해 사는 것을
깨닫게 됐네
눈물로 흘려보낸 기억들은
바다로 흘러들어
슬픈 곡조 되었네
술잔의 부딪힘은
사치 같은 거짓말
내 가슴을 찢고 찢어
닫히질 않네
절규의 시간이 시작된다면
고통의 끝 또한 허락되기를

절규의 시간이

시작된다면

고통의 끝 또한

허락되기를...

용기없는 나를...

제발 나를 괴롭게 하지 마세요.
내가 사랑하는 것들도
괴롭게 하지 마세요.
지켜주지 못한 미안함 때문에
이 모든 것이 꿈이라고
꿈일 거라고 말해주세요.

목메도록 울고
죽도록 가슴이 찢어져도
이런 내가 싫어서
그들을 지키기엔 난 너무 무서워서
미칠 것만 같았다.

너희의 고통을 외면한
용기없는 날 용서해줘...

내가 또 학대받을까 봐 두려웠다.

그래서 어린 동물을 학대로부터 지켜주지 못했다.

그들도 영혼이란 게 있다면

천국에서는 두려움 없는 사랑을 주고 싶다.

돌아가고 싶지 않은

당신에게 내 삶이 투명할지라도

나에게

애처로운 눈빛을 보이지 마세요.

당신의 깊고 맑은 눈앞에

전부 감출 수가 없지만

알아도 모른 척 해주세요.

말하고 싶어도 침묵해 주세요.

당신의 손가락으로도 날 감싸지 마세요.

내 눈물샘을 자극하지 마세요.

그때의 기억으로 돌아가고 싶지 않아요.

울고 있는 자화상 _ 장지연作

고난의 모습

그늘에 쉬고 싶을 때 태양을 즐기라 하셨고,

극심한 고통 속에서 기뻐하라 하셨고,

무거운 짐 내려놓고 싶을 때 지고 가라 하셨고,

힘들어서 그만두고 싶을 때 버리지 말라 하셨고,

극심한 실패와 좌절 중에 뿌린 대로 거둔다 하셨고,

목마를 때 직접 떠 마시라 하셨고,

도와 달라 할 때 침묵하셨고,

하나님 원망할 때 죽음을 자초하지 말라 하셨고,

기적을 구할 때 논밭을 갈구는 수고를 주셨고,

죽음을 구할 때...

살라 하셨다.

살아라

하늘나라

죽음 앞에서 정신을 가다듬었을 때
가장 처음 할 수 있었던 건
통곡하는 것이었다.
극심한 우울증 뒤에 죽음이란
너무나 비참한 것임을 깨달았기 때문이다.

"네가 천국을 확실히 알았다면,
그렇게 일찍 죽으려 하지 않았을 것이다."
어둠을 가르는 힘 있는 음성이
내 심장을 요동치게 만들었다.

"나에게 말해주세요.
내가 힘이 들 때마다 그렇게
천국에 대해 말해 주세요."

내 환란과
고난과
고통의 끝은
천국이며,
내가
견디는 힘도
천국이다.

듣고 싶은 말

"안된다" 라는 말을 듣지 않는 것이 참으로 어려운 일이다.

너무나 많이 "안된다" 라는 말을 들었다.

한 번쯤 "넌 될 거야." 라고 말해주면 좋을 텐데...

"

넌 될거야

한번 해봐

실수해도 괜찮아

또 하면 되지

조급해 하지 않아도 돼

기다려 줄게

겁먹지 마

난 널 믿어

널 사랑하니까

"

용서할 수 있을 때

당신의 삶에 나의 존재는 무가치합니다.
그래도 나의 말 한마디가 그리운가 봅니다.
시간이란 많은 걸 변하게 만들었습니다.
당신과 나의 삶을 말입니다.

오랜 세월 그렇게 우린 뒤돌아 살았잖아요.
내가 당신을 용서하고
당신이 나를 용서해도
아직은 내가
당신을 사랑할 자신이 없습니다.

스스로 강해지세요.
나한테 버림받았다고 생각하지 말고
스스로 강해지세요.
외로운가요?
아직도 내가 미운가요?
스스로 이겨내세요.

지금보다 조금만 더 노력하세요.
당신이 단 한 번만이라도
사랑이 그리워서 눈물 흘리면,
그 눈물이 진실이라고 나한테 속삭여줄 때,
내 심장이 용서하라고 말할 때,
그때 내가 당신을 도와줄게요.
내가 먼저 손 내밀어 줄게요.

알았죠, 아버지?

행복해야 해

그 사람을 사랑했다.
아니 그보다 불쌍했다.
그래서 난, 그 사람을 위해
불속에라도 들어갔고,
물속에라도 들어갔고,
그 사람을 대신해
날 조금씩 희생시켰다.

앞으로 내 뒤에 있어.
그냥 내가 앞에 있을게.
바람이 불면 내가 막아주고
힘들면 내가 업고 갈게.
대신 아파하지 마. 눈물 짓지 마.
그럼 내가 더 힘들어.
제발, 날 봐서라도 행복해야 해.

알았지, 엄마?

엄마, 아빠를 위해

내가 엄마, 아빠를 만난 거
우연이 아니라 필연이래요.
엄마, 아빠 만나서 굴곡진 인생살이지만
하늘에 계신 하나님께서
엄마, 아빠를 사랑하신대요.

엄마, 아빠에게 사랑과 평화를 전해주라고
그래서 내가 태어났대요.

그리운 아이

아이야 나에게 온 작고 약한 아이야
내가 너를 택하지도 네가 날 택하지도 않았지만
너를 너무 너무 사랑한다.

아이야 나에게 온 사랑스런 아이야
내가 너보다 크지만 네가 날 위로하러 왔구나.
네가 너무 너무 고맙다.

아이야 나에게 온 고마운 아이야
내가 너보다 강하지만 너의 내민 손이 큰 힘이 되는구나.
네가 너무 너무 보고 싶다.

아이야 나에게 온 보고 싶은 아이야
너는 나에게 천사지만 내가 널 아프게 했구나.
너에게 너무 너무 미안하다.

아이야 나에게 온 귀한 내 딸아
평생 사랑해도 아까운 아이야
내가 너를 지킬 수 있도록 기회를 주겠니.

내 딸아 다시 돌아오렴...

평생 사랑해도 아까운 아이야

다시 돌아오렴...

내 딸아

사랑스런 딸아
아직 어리고 애기 짓을 해야 하는 넌
지금 내 곁에 없구나.
오손도손 모여앉아 송편을 빚을 때에
좋아하는 네 모습을 볼 수가 없구나.
유난히 한복을 좋아하던 네가
추석인 이때 너무 그립고 보고 싶다.
너의 한복을 찾아보아도 보이지 않아
심장이 떨릴 만큼 놀랐지만
네가 가지고 갔을 걸 생각하니
친구들과 함께 입고 좋아할 네 모습에
감사와 위로가 넘친다.

딸아
난 널 버리지 않았고
널 귀찮아하지도 않는다.
잠시 서로 볼 수 없을 뿐이야.
엄마인 내가 곧 널 데려올 거야.
자전거가 갖고 싶다던 너에게
자전거보다 더 큰 선물을 해줄 거야.

이젠 행복하게 널 사랑할거야.

엄마도 더 행복해질 거고

우리 딸도 더 행복하게 사랑할거야.

너에게도 긴 시간이겠지만

엄마는 널 기다리는 시간이 천 년 같구나.

주님의 은총이 늘 네 곁에 머무를 거야.

딸아 엄마와 함께 조금만 기다리자.

내가 바란

내가 바란 사죄는
당신의 값싼 혀가 아니라 무릎이었습니다.

내가 바란 대가는
당신의 금전이 아닌 헤어짐입니다.

내가 바란 결말은
당신의 거짓이 아닌 진실입니다.

내가 바란 미래는
당신의 고집이 아닌 나의 새로운 인생입니다.

내가 하는 충고는
나는 결코 약하지 않습니다.

이젠...

이젠 미워하지 않아.
지금껏 많이 미워했어.
미안해지기 전에
미워하는 거 멈추고 싶다.

이젠 어떤 모습이건
잘되길 바래.
다시 미워하기 전에
축복하는 마음으로 떠나고 싶다.

행복하고 싶다

무엇무엇 때문에 불행한 건 잘 알고 있어.

하지만

무얼 하면 행복한지 알지 못하지.

무엇무엇 때문에 행복할지 이젠 알고 있어.

하지만

용기가 없어서 항상 그 자리야.

용기를 내

발자취

작고 작은 발
그리고 조금 큰 발
그리고 조금 더 큰 발
내 인생길에 새겨진 나의 발자취
귀를 기울이면 그 발자취는 이야기를 한다.
듣기 좋다.
그리고 보기 좋다.
산골짜기를 걷고 폭풍 속에서도 걸어온 나의 발자취
훗날 뒤를 보며 아름다웠노라 말할 날이 오겠지.
그래...
아름다웠노라 말할 날이 올 거야.

" 귀를 기울이면
그 발자취는 이야기를 한다. "

이성과 본능의 갈등

주님 앞에서 숭고한 모습으로 서고 싶었습니다.

고결하고 거룩한 당신의 모습 앞에서

적어도 추한 모습으로 서고 싶지 않았습니다.

그동안 나의 노력에도 불구하고

난 당신 앞에서 맹세한 것을 져버렸습니다.

그 거룩함의 무게를 견딜 수가 없었습니다.

비록 당신 앞에서 맹세한 것은 저버렸지만

당신이 새겨 놓으신 생명책에 내 이름이

추하게 더럽혀지지 않기를 원합니다.

그것을 지키기 위해서 지금도 앞으로도

나 자신을 지킬 것입니다.

주여

당신의 형상대로 날 지으신 그 목적에

합당한 자가 되게 하소서.

다스리지 못한 나의 본능 때문에

내가 괴로워 당신의 얼굴을 보지 못합니다.

이성과 본능이 우열을 다투며 싸울 때

숭고하게 다듬어진 이성이 지배하게 하소서.

Part 2

치

유

회전목마

지나간 시간들은 깨닫는 흔적을 남긴다.
나의 미움, 분노, 상처가 깨닫길
시간이 지나면 잊히는 게 아니더라.

그러나 내가 어찌할 수 없는 것은
나의 분노의 대상은
그런 사실조차 모른 채 살아가고 있으며
내가 또 어찌할 수 없는 것은
어느 누군가도 나로 인해
분노 속에 살고 있다는 것이다.

지나간 시간들이 남긴 흔적은
세상은 돌고 돌며,
죄도 돌고 돈다는 깨달음이다.

난 세상의 한가운데서
회전목마를 타고 있다.

지나가리라

폭풍과 비바람이 멈출 수 없을 때
겸허히 받아들이자
곧 지나가리라

고통과 고난이 인생길을 덮칠 때
겸손히 받아들이자
곧 지나가리라

미움과 분노가 내 삶을 가로막을 때
눈물로 받아들이자
이 또한 지나가리라

역경을 딛고_장지연作

죽음, 그 너머에

나는 죽음을 맞이할 그 날을 생각한다.

사람들은 나에게 말한다.

왜 죽음을 이야기하느냐고...

나는 그들에게 말하고 싶다.

기대하는데 어찌 말하지 않을 수 있겠냐고...

나의 사랑하는 주님과

아름다운 내 처소가 있는

그 천국을

어찌 말하지 않을 수 있겠냐고...

그리고 어찌 매일 생각하지 않을 수 있겠냐고...

결.실.

노력한 만큼 얻고 있는 지금이 너무 좋다.
세상 이치가 참으로 신기하다.
맘먹은 대로 모든 것이 되는 건 아니지만
노력한 만큼 결실이 찾아온다는 진리가
내 모든 정신세계를 자극하고 있다.
이 짜릿한 느낌이 지금 난 너무 좋다.

마지막처럼

하루를 살아도
오늘이 마지막이란 마음으로 살고 싶습니다.
사랑을 지켜 가며 살기엔
고비가 많은 인생살이지만
아침엔 미워했을지라도
저녁엔 다시 사랑하면서
편히 잠들 수 있게
그렇게 마지막처럼 살고 싶습니다.

한 줌

마지막 시간
나의 손에 쥐어진 한 줌
한 줌의 가루는
아버지의 마지막 모습입니다.

모든 인생의 결과는 한 줌인 것을,
높이 높이 쌓아 올린 세상의 것도
내 손 위에 가벼운 한 줌인 것을,
후후 불어 없어지는 한 줌 인생은
고인이 된 아버지의 마지막 가르침입니다.

당신의

한 줌은

무엇입니까

버려질 수 없는 기억

험난한 길을 걸었습니다.
굽이진 길을 걸었습니다.
가시밭 길을 걸었습니다.
이것이 나의 기억입니다.

나의 동반자가 속삭입니다.
"이 길이 훗날 너의 아름다운 노래가 될 거야"

닫힌 맘과
다친 발과
다 한 인내로 난 말합니다.
"필요 없어요! 그런 노래 따윈!"

그러자 나의 적대자가 소리칩니다.
"바로 지금이야!
너의 모든 기억을 쓰레기통에 처넣어 버려!"

어두운 밤에
어두운 옷장에서
내 동반자를 외쳐 부릅니다.
"나의 쓰레기 같은 기억일지라도
세상에 들려주는 아름다운 노래가 되게 해주세요."

나의 동반자는 조각난 나의 기억들을 모아
아름다운 멜로디로 나에게 들려줍니다.
그리고 나의 눈물을 모아
찬란한 보석 같은 광명을 보여줍니다.

내 삶의 스케치북

고되고 고된 시간이 지나
나의 노래를 부르며
칠흙같은 어두운 밤을 즐긴다.
이 노래는 나를 위로하는 시가 된다.
이내 곧 스케치북에 내려앉아 그림이 된다.

이 어둠을 밝힐 불빛으로
하늘에서 별을 따다
나의 스케치북 위에 가만히 올려놓는다.
날이 밝으면 다시 고된 날이 찾아오리라.
난 또다시 고된 시간을 보낸 뒤
날 기다리는 의자에 다리를 맡긴 채 누워
노래를 부를 것이다.
그 노래는 다시 그림이 되어
별빛 밑에 수놓아진다.

어느새 다 채워진 스케치북
위대하고 큰 비밀을 담아낸 나의 스케치북
날 떠나 어디로 가나 보니
다른 이의 노래가 되어 주고 있다.
잘 가라 나의 스케치북
형형색색 물들어진 나의 그림아
다른 이의 노래가, 별이 되어 주어라.

아름다운 인생

일평생 한길로만 갈 줄 알았다.
그래서 한 길만 바라보고 살았다.
그런데 인생은 한 길이 아니더라.

굽이지고 비탈길, 가파른 길
이 모든 길이 내 인생길인 것을
아니라고 부정할수록
더욱 또렷하게 보이는
나의 갈래갈래 수많은 길

아하. 나의 곤고한 인생이 아니라
다채로운 인생임을 뒤돌아보니 알았네.
낙심과 한숨으로 얼룩진 인생이
울긋불긋 단풍잎과 같은 아름다운 인생인 줄
뒤돌아보니 알았네.

" 아름다운 인생인 줄
뒤돌아보니 알았네 "

새로운 목적지

옛날을 추억해보았다.

희로애락의 기억을 떠올리며

미소가 입가에 머문다.

세월의 힘일 테지.

돌아갈 수 없는 아쉬움이 있지만

새로운 목적지가 있어 출발한다.

" 새로운 목적지가 있어
출발한다 **"**

Part 3

공

감

상봉 相逢

어디에 있나요.
보이지 않는 어디로 가셨나요.
기다려도 기쁜 소식 없어
기약 없는 세월을 살아왔어요.

어디에 있나요.
설마 하는 마음에 남쪽만 바라봅니다.
영원히 만나지 못할
난 북쪽에, 당신은 남쪽에 있나요.

당신, 울고 있나요.
끝없는 이별과 아픔의 시간
3.8선 너머에서 울고 있나요.

하늘이여 도우소서.
내 한이 서려 내 아픔이 서려
눈 감는 일이 너무나 억울합니다.
나누어진 조국이 원망스럽습니다.

하늘의 기적은 이루어져
우리 이렇게 다시 만났건만
수십 년을 기다렸는데
이렇게 단 하루를 만나네요.

나 이제 돌아갑니다.
평생에 이 하루를 기억하며 돌아갑니다.
기약 없는 다음의 하루를 위해
난 또다시 기다리러 돌아갑니다.

"여보... 우리 꼭 다시 만나.
 건강해야 해. 또 만나. 알았지?"
"오늘이 이번 생의 마지막이라 해도
 난 이제 여한이 없어요..."

여보, 우리 꼭 다시 만나...

촛불의 외침

넓고 넓은 바다로
내 마음, 내 온 힘 모아
이 바다로 나아온다

드넓은 이 바다에
슬픈 사람 모여들어
저마다의 떠난 영혼 부르짖는다

새들은 자유롭건만
바다 밑에 슬픈 영혼은
차가운 세월호에 묻혀 있구나

사랑하는 영혼아 고귀한 영혼아
거센 물결 가르며
암흑을 뚫고 나와
창공을 휘저으며
하늘에서 바라보아라

넓고 넓은 광장으로
내 마음, 내 온 힘 모아
이 광장으로 나아와

드넓은 이 광장에
모든 사람 모여들어
대한민국을 위해 부르짖는다

속이는 곳곳에 빛을 비추어
어두운 나라에 빛을 비추어
우리는 아직 잊지 않아
노란 물결을 만들며
작은 두 손 모아
거대한 촛불 만들어 외치리니

창공을 휘젓는 영혼아
우리의 이 불꽃이
너희를 향한 위로의 빛과
대한민국을 밝힐 운동이 되리라

검은 상처 (피해자)

남들보다 심장이 더 뛰고
아침마다 주먹이 쥐어진다
목적 없이 어디론가 뛰고
대상 없이 분노가 표출된다

긴 시간의 트라우마를
견뎌낼 자신이 없다
차라리 죽어서라도
기억을 잊고 싶다
난 널 용서하지 못해

날 멈추어줘
날 좀 도와줘
아니, 처음으로 되돌려놔
너의 손에 죽어간 나의 사람
처음으로 되돌려놔

보고 싶어 미치겠어
만지고 싶어 미치겠어
되돌려봐 나의 사람
처음으로 되돌려봐

시간아 시간아
니가 거꾸로 가주겠니
내가 곁에 있던 그때로 가주겠니
시간아 아까운 사람아
모든 걸 주어도 돌아갈 수 없는 거니

방관자

지나간다.
또 그냥 지나간다.
멈추어 서서
듣고 싶지도, 알고 싶지도 않다.
어차피 감당하지 못할 일
뒤돌아 보지도 말자.

누가 욕을 하던
잠시 잠깐뿐이야.
나만 괜찮으면 돼.
다른 사람 일이야.
내 일이 아니라고.

앞만 보고 가자.
너무 바쁜 세상
계속 가야 해.
난 너처럼 그럴 시간이 없어.
혼자서 해결해.

난 잘못이 없어.
난 몰랐어. 모르는 일이라고.
사실 나도 무서워.
미안해. 무서워서 그랬어.
용기가 없어서 그랬어.
미안해. 정말 미안해.

푸른 옷(가해자)

난 내가 태어난 게 싫었어요.

내가 남들과 다른 것도 싫었어요.

남이 나보다 행복한 것도 싫었어요.

뺏어야만 만족했고

괴롭혀야 했어요.

갈 곳이 없었어요.

모두 나를 싫어했고

나도 그들이 싫었어요.

화가 나면 부수었고

건드리면 때렸어요.

이제 그만 멈추어야 한다고

말해주는 이가 없었어요.

계속해서 화가 나는 이유를

설명해 주는 이도 없었어요.

난 푸른 옷을 입었어요.

아주 아주 오래 입어야 해요.

이제서야...
내가 이곳에 갇혀야 하는
내가 이 옷을 입어야 하는
그 수많은 이야기를
이제서야 들었어요.

이 많은 이야기를
내가 어릴 적
사랑으로 들려주셨더라면
난 어떤 인생이었을까요?

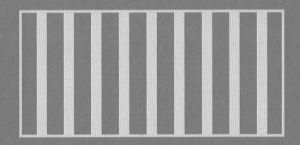

가난의 대물림

해가 떠오르고 아침이 되면
두려움이 시작된다.
오늘도 어김없이
아이들은 배고프다.

거리로 나가보아도
하늘을 바라보아도
광활한 대지는
아무것도 주지 않는다.

지쳐가는 아이들
포기하고 싶은 나

아이들은 모른다.
가지지 못한 이유를
가혹한 현실 속에
놓여있는 이유를

"배고파"

그저
배고파 라고 말한다.

또다시
미안해 하며 잠든다.

"미안해"

하얀 천사의 소원

세상은 넓고 다양합니다.

같은 것도 많고 비슷한 것도 많지요.

하지만 희귀한 것도 간혹 있어요.

희귀해서 가지려 하고

독특해서 놀림거리가 됩니다.

뺏으려 하고 위험한 일도 합니다.

희귀하고 독특한 난

매일 매일 바깥이 무섭습니다.

내가 왜 독특해야 하는지 모르겠습니다.

나도 친구들과 놀고 싶고

여기저기 여행도 가고 싶습니다.

하지만 나가도 안 되고 멀리 가면 큰일 나요.

아주 무서운 사람들을 피해

평생 숨어서 살아야 하는 나는

알비노랍니다.

태어나지 않는 것이 더 좋았을 거라고

엄마는 말했어요.

난 너무 슬퍼서 울고 또 울었습니다.

하지만 난 그 이유를 곧 알았어요.

어릴 때 잘려나간 내 손목은
돈 때문에 벌어진 참극이라고 했어요.
이제는 행복하게 살게 도와주세요.
내 손을 빼앗아 갔으니
이제 내게 남은 것은 지켜주세요.

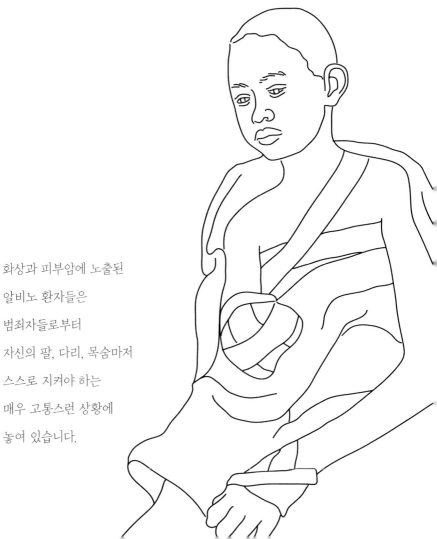

화상과 피부암에 노출된
알비노 환자들은
범죄자들로부터
자신의 팔, 다리, 목숨마저
스스로 지켜야 하는
매우 고통스런 상황에
놓여 있습니다.

행복의 나라

나는 먼 여행을 가야 합니다.
시리아 내전을 피해
행복의 나라로 가야 합니다.

먹을 건 부족하고 무거운 가방이
나를 힘들게 하지만
곧 행복의 나라로 갑니다.

밝은 해를 보며 기쁘게 갑니다.
새로운 곳은 설레입니다.
거기는 행복의 나라입니다.

곧 어둔 밤이 되어 추웠지만
따뜻한 이불이 견디게 해줍니다.
거기는 따뜻하고 행복할 겁니다.

파도가 거세고 바람이 무섭습니다.
엄마 아빠 손을 꼭 잡았습니다.
눈물도 참았습니다.

하지만 난 힘이 없었습니다
배고팠고 무서웠고 지쳤습니다.
나는 엄마 손을 놓치고 말았습니다.

행복의 나라로 가야 하는데
조금만 더 가면 된다고 했는데
눈이 감기고 힘을 잃었습니다.

엄마 아빠의 슬픈 눈물과
무서운 바다와 어두움이
내가 본 마지막입니다.

나는 먼 여행을 가야 합니다.
고난과 역경의 세상을 피해
행복의 하늘나라로 가야 합니다.

밟을 수 없는 것

길가에 피어있는 꽃을 밟을지라도

들판에 자라난 들풀을 밟을지라도

자신의 엇나간 양심을 밟을지라도

소중한 내 몸을 감히 밟지 마세요.

온 우주의 거대한 힘도

나를 밟지 못하거늘

나는 온 천하보다

더욱 귀한 존재입니다.

장애를 안고 살아가는

여성들의 성폭행 피해는

너무나 가혹한 고통입니다.

외쳐 부르는 노래

소중한 생명으로 태어난 넌
모든 눈을 감고 입을 닫게 하는구나
축복의 시간은 이미 물러갔으며
암흑이 내 영혼을 사로잡고
내 심장은 녹아내렸고
지친 마음마저 도려내
눈물과 빗물과 함께 흘려보내고 싶다

빛이 널 위해 비추이는데
노래가 네 귀에 속삭이는데
세상이 널 위해 존재하는데
넌 모른다 하는구나

온전치 못한 너로 인해
온전한 세상이 원망스럽다
너의 장애가 그 어떤 옷보다
가장 무거운 옷이구나

그러나 사랑하는 아이야
그 무거운 옷이 너를 짓누를 때마다
난 너의 자유를 위해 외쳐 부른다

네가 듣지 못할 때라도
네가 빛을 보지 못할 때라도
난 너의 자유를 위해 목 놓아 외쳐 부른다

이 세상이 널 무겁게 할지라도
장애가 네 손발을 묶을지라도
그것은 영원하지 않으며
네 생명의 존귀함이
오히려 어둔 세상을 묶으리니
온 세상이 너를 주목하여 볼 것이고
너의 기적을 기대하며 환호할 것이다

사랑하는 아이야
진실로 영원한 천국에서
힘껏 날아오를 것을 너와 내가 믿으니
오늘도 나와 같이 외쳐 부르자꾸나

절대적 감사

눈이 보이지 않아 절망했지만
아닙니다.
세상을 보지 않고
오직 하나님만 볼 수 있어서 감사합니다.

두 팔이 없어 절망했지만
아닙니다.
손으로 지을 수 있는 죄가
차단돼서 감사합니다.

다리가 없어서 절망했지만
아닙니다.
악한 길로 가지 않고
오직 하나님께로만 갈 수 있어서 감사합니다.

귀가 들리지 않아 절망했지만
아닙니다.
세상 거짓을 듣지 않고
진리만 들을 수 있어서 감사합니다.

말할 수 없어서 절망했지만
아닙니다.
악한 말을 하지 못해
실족게 하는 일이 없음을 감사합니다.

작은 생명의 외침

철부지 시절의
어리석은 실수와
강압적 폭행에
원치 않던 생명을
언제나 그렇듯
도마 위에 올리는
선택은 언제나
당신에게 있지

난 아냐 아냐
난 듣고 느끼고 살았어
세상을 볼 수 없어도
내 손과 발을 봤어
난 이렇게 살아 있는 걸

어느 날 밖이 열리기 시작했어
무시무시한 괴물이 보였지
난 피하고 피해 봐도
도망칠 공간이 없어

아파 너무 아파 날 도려내지 마
내가 죽어야 한다는 사실을
알지 못했어

편하고 신비롭던 뱃속에서
죽어야 한다는 사실을
알지 못했어

어차피 난 버려지는 운명
어차피 난 죽는 게 나은 운명
그래서 나의 고통엔
아무도 관심이 없지

이젠 멈춰 제발
쾌락의 실수와
성폭행의 산물이
되지 않게 도와줘

가족을 기다리는 아이

나는 잘하는 게 많습니다.
어릴 때부터 밥도 혼자 잘 먹었어요.
옷도 잘 입고 단추도 잘 끼웁니다.
세수도 잘하고 치카도 잘하지만
머리 감는 건 아직 조금 어려워요.
목욕하는 게 힘들면 친구가 도와줘요.
가끔 감기라도 걸려 콧물이 흐르면
휴지로 아주 잘 닦아서 버려요.
옷에 닦으면 선생님이 빨래하기 힘드니까요.

저는 아주 잘 참습니다.
먹고 싶은 게 있어도 말하지 않아요.
밥이라도 잘 나오면 감사하지요.
피아노가 배우고 싶지만 참습니다.
학교에 가니까 다행이에요.
그런데 자고 일어나니 내 친구가 없었어요.
비행기 타고 외국인 엄마를 따라갔대요.

친구가 편지를 주고 갔어요.

"사랑해. 너도 좋은 집에 갔으면 좋겠어."

난 좋은 집에 가고 싶어요.

그런데 내 진짜 엄마가 더 보고 싶어요.

내 진짜 아빠도 보고 싶고요.

달님, 별님은 알까요?

내 엄마, 아빠가 어디 있는지...

나처럼 보고 싶어 하는지...

집으로

만족할 수 없고
더 이상 안식이 없는
이곳을 뛰쳐나와
도망쳐 나와
거리로 나와

현란한 불빛, 춤추는 모습
젖어들자 빠져들자
이젠 이게 나의 삶이니

넘치는 술잔과 몽롱한 기분
누군가에겐 더운 여름이
혹독하게도 차가운 거리
어둠이 통치하는 거리
범죄가 일상인 거리

나를 지켜주지 못한
안식이 없던 그 집

가고 싶다 집으로
아니
가고 싶은 집이
있었으면 좋겠다

기계 인간

시간은 똑딱똑딱
나의 몸도 째깍째깍
정해진 시간, 정해진 틀
언제나 이곳에서
똑같은 모습으로
당신을 위해 살아준다

내가 되길 포기하고
내 목소리를 잃어야
평화가 찾아오는 이곳

목표도 없이
이유도 모른 채
오늘도 당신을 위해 살아준다

자유를 빼앗은 당신과
조금씩 파괴되어지는 내가
함께 공존하는 이곳

뿌린 대로 거둔다는 진리가
당신의 형벌이 되기 전
이곳에도 봄이 찾아와
자유의 꽃이 피어나기를

따돌림

더 이상 밟지 마

안 아픈 게 아니야

아프다고 소리를 못 낼 뿐이야

소리 질러봐

크게

넌 이만큼 큰 사람이야

소풍

노란색 가방에 꽃신 신고 가는 날
고이고이 준비한 제일 예쁜 나의 옷
웃음 가득 기대 가득 이야기가 가득가득
예쁜 색깔 어우러진 동그라미 김밥 도시락

꿈에 그린 나의 소풍 어린 마음 나의 꿈
한순간에 무너진 나의 가방 나의 꽃신

어른들의 불행에 나의 행복 부서지고
어른들의 미움에 나의 몸도 부서지고

재잘재잘 이야기의 긴 여행 버스 아닌
영원히 오지 못할 먼 여행 가버렸네

나의 눈물 나의 아픔 저 하늘나라에서
나의 꿈꾼 소풍을 하늘에서 이루었네

가고 싶은 소풍의 꿈을 무참히 짓밟아 버린

계모의 폭행으로 빚어진 참극,

처참한 고통을 받고

못다 핀 꽃 같은 짧은 인생을 살다 간

작은 고인에게 이 시를 바칩니다.

보고 싶은 얼굴

왜 헤어져야 하는지
그때는 몰랐어요.
곧 다시 올 것만 같아
계속 기다렸어요.

오늘도 여전히 아빠는 무섭고
오늘도 여전히 엄마는 없어요.
엄마가 해준 음식이 좋은데
엄마랑 가는 놀이터가 좋은데
오늘도 여전히 엄마는 안 와요.

이제는 내가 올 수가 없어요.
어젯밤 아빠는 화가 났었고
나에게 나쁜 일을 했어요.

나는 나쁜 일도 안 했고
나쁜 말도 안 했는데
이젠 아무에게도 돌아갈 수 없어요.

"아빠, 엄마가 보고 싶어요."

이 한마디 때문에
이젠 영원히 난 돌아올 수 없어요.

엄마가 보고 싶다는 이유로
아버지의 손에 목숨을 잃은 소년을 위로하며...

내가 죽은 이유

난 얼마 전에 죽었어요.

아빠와 새엄마가 날 많이 때렸지요.

난 살아서 뭘 많이 잘못했는지

지금도 모르겠어요.

왜 벌을 서야 하고 왜 머리를 맞았는지

지금도 모르겠어요.

너무 무서워서 아픈지도 몰랐어요.

때리면 맞아야지 도망가면 더 때렸죠.

배고파도 추위도 날 도와주지 않았어요.

아빠 없는 날은 더 무서웠고

내 진짜 엄마가 도와주길 기도했어요.

날 그만 미워하려면 내가 어떻게 해야 할지

화장실 벽보고 떨면서 생각했지만

너무 배고프고 너무 추워서 아무 생각도 안 났어요.

락스가 몸에 묻었는데 씻으면 혼날 것 같고

수건으로 닦아도 혼날 것 같아 그대로 있었어요.

나는 점점 기운을 잃어서 눈을 뜨지 못했는데

나는 병원에 가지 않고

화장실보다 더 추운 땅속에 묻히게 됐어요.

아빠와 새엄마가 무서워 초콜릿도 못 먹었는데

땅속에 들어가니 초콜릿을 놓고 갔어요.

하지만 먹지는 못했어요.

난 땅속에서 눈을 감고 누웠으니까요.

난 지금도 살아서 뭘 그렇게 잘못했는지 모르겠어요.

전 너무 어린 아동이었으니까요.

원영아, 이젠 하늘나라에서 편안하고 행복하렴.

Part 4

성

숙

눈물

우리는 울어야 합니다.
이 시대의 고통이 잠들 때까지
가슴으로 울어야 합니다.

너와 나 각자가 아닌
우리가 더불어 살 때까지
사랑으로 울어야 합니다.

공평

사람들아 너무 연약하지 마라
너무 힘들어하지 마라
조금이라도 행복하다면
위로가 필요한 자들과
함께 울어주어라
그래서 세상은 공평하다고
느낄 수 있을 때까지
다가가서 함께 울어주어라

상처의 위력

한 사람의 상처는

다수를 피해자로 만드는

파괴력을 가지고 있다

관심

폭행은 할수록 익숙해지고
맞는 것은 갈수록 익숙해진다.

익숙해서 멈출 수 없고
습관이 돼 고칠 수 없지만

바로 당신
당신의 용기 있는 관심이
그들의 고통과 죽음을
멈추게 할 수 있습니다.

just
You

실명과 익명

실명은 곧 절제이며

익명은 곧 전쟁이다

프롤로그입니다만

악플은 영혼을 찌르는

칼입니다.

기억과 망각

고통스런 기억의 상실은

벗어나게 해주며

자유롭게 해주며

나아가게 해준다

그러나 망각의 상실은

과거에 묶이며

안으로 숨으며

고통이 머문다

기억과 망각의 조화

신의 도움

신이 나를 돕는 것은

고통을 잊게 하시는 것이 아니라

되풀이되지 않게 하시는 것이다

나의 기도

당신의 괴롬과 고통이
외침이 되기를

당신의 슬픔과 외로움이
밖으로 전해지기를

당신의 불안과 분노가
평화로 잠잠해지기를

그렇게 되기를
오늘도 두 손을 모은다

그러더라

시간은 나에게 말한다
절대로 되돌릴 수 없다고
그래서 후회로 얼룩진다

기억은 나에게 말한다
절대로 잊을 수 없다고
그래서 쓰라림이 파고든다

결과는 나에게 말한다
절대로 바꿀 수 없다고
그래서 눈물로 지새운다

말은 나에게 말한다
절대로 되담을 수 없다고
그래서 거짓말이 늘어간다

사랑은 나에게 말한다
절대로 완벽할 수 없다고
그래서 자주 움직인다

버림

마음이 괴로워도 버리지 못해
육체적 고통 따윈 견디면 되지
놓칠까 잃을까 조바심 나도
목숨과도 같으니 버리지 못해
누워도 눈을 떠도 걱정 한숨뿐
그래도 내 손안에 버리지 못해

돌아보니 남은 것은 고독과 후회
세월 흘러 내 곁에 아무도 없네
그동안 잡은 것은 일시적인 것
한 줌의 재가 되어 떠나가는 것

움켜쥐지 않으면 잡을 수 있네
사랑으로 버리면 받을 수 있네
평화롭게 버리면 얻을 수 있네

돈

돈이 전부가 될 때
내가 돈을 위해 일하고

돈이 일부가 될 때
돈은 날 위해 일한다

고난의 조건

고난은 깨달음을 가져온다.

그러나 이미 깨달았다면

고난은 굳이 날 찾아오지 않는다.

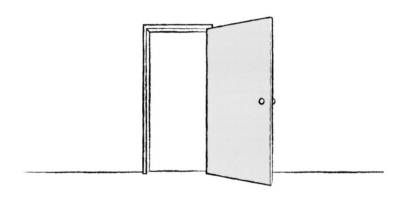

더 나은 생각

내 앞에 닥친 오늘을 생각하는 것이
앞날을 걱정하는 것보다 나으며

흘러가는 시간에 잠시 맡기는 것이
답이 없는 문제에 시간을 허비하는 것보다 낫다.

오늘,

그리고지금

또 다른 오늘

지나간 일을 없던 일로 되돌려 놓는 것은

신께서도 하지 않는 일이다.

그래서 신은 또 다른 오늘을 주시어

앞으로의 삶을 바꾸어가라 하셨다.

내게 있는 한 가지

절망이 말했습니다.
"넌 정말 가진 게 없구나.
 너의 주변을 보렴.
 전부 너보다 낫지 않니?"

소망이 말했습니다.
"네가 가장 잘하는 게 뭐니?
 그래. 바로 그거야. 그것부터 시작해봐."

내 주변을 보면 난 가진 게 없을지라도
내 자신을 보면 난 한 가지라도 있습니다.
그 한 가지를 심었더니
누구에게도 없는 유일한 것이 되었습니다.

그 작은 한 가지...
그것부터 시작하면 됩니다.

‘
내게 있는 한 가지
누구에게도 없는 유일한 것
’

열매

그 사람이 취미가 이상한가요?

그 사람이 생각이 이상한가요?

그 사람이 말투가 이상한가요?

그 사람이 외모가 이상한가요?

그 사람이 버릇이 이상한가요?

그 사람이 냄새가 이상한가요?

이런 무수한 말로 판단할 수 없습니다.

오직 한 가지
'열매'로 그 사람을 알 수 있습니다.

열매가 없는 나무

내가 가장 두려워하는 것은

거름을 주고 물을 주고 빛을 주어도

열매를 맺지 못하는 나무가

가장 두렵다.

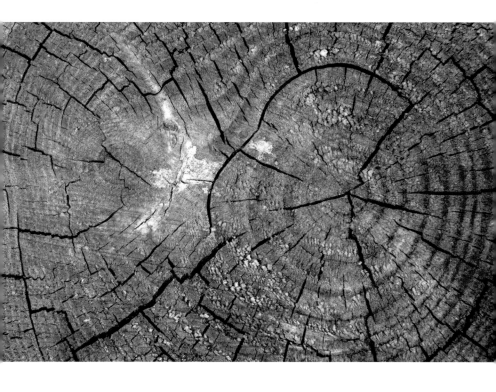

마음 문

자기 문을 항상 닫는 사람은
외로워도 아무도 알 수가 없다

자기 문을 항상 여는 사람은
상처 주면 항상 상처받는다

자기 문을 지킬 줄 아는 사람은
남의 문을 열 수도, 닫아줄 수도

닫는 이와 여는 이의 같은 소원은
누군가 다가와 기다려 주는 것

'기다려주기'

이렇게 살아요

사랑을 받았으면

행복을 선물해요

상처를 받았으면

위로하며 살아요

더많이 가졌으면

나눠주며 살아요

남보다 적더라도

만족을 배우세요

거두는 기쁨으로

심는수고 견뎌요

억울해서 힘들면

그사람 용서해요

우울해서 힘들면

행복을 선택해요

앞날이 두려워도

오늘을 감사해요

그날의 괴로움은

그날에 족합니다

사연

당신에게 이런 사연이 있었군요.
그동안 왜 그랬는지 이해가 됩니다.

나에게는 이런 사연이 있답니다.
그래서 내가 그랬던 것 같습니다.

또 다른 분에게 묻고 싶습니다.
당신은 어떤 사연을 가지고 있나요?

우리는 저마다 사연을 갖고 있습니다.
외면하지 말고 서로 들어보세요.

우리는 모두 다른 사연을 갖고 사는
다른 사람들입니다.

'들어주기'

나의 모든 것

소중하다

소중하다

소중하다

나의 모든 것들이

사랑한다

사랑한다

사랑한다

나의 모든 것들을

소중하니까
사랑한다
나를...

가치

과거를 잊으라는 말은
잊을 만한 일일 때 말해라
잊을 수 없는 일은
차라리 기억하라고 해라

모든 고통을 다 잊을 필요는 없다
쓰레기통에 버려야 할
가치 없는 고통은 없다

'가치는
기록된다.'

칭찬과 고통

사람을 바꾸는 건 칭찬과 고통이 있다.
칭찬은 사람을 세우지만
고통은 죽음의 문턱에서 다시 살리는
놀라운 능력을 가지고 있다.

고통은 죽으라는 말이 아닌

다시 살라는 말을 하고 싶어 한다.

인내의 꽃

고통은

절규로 시작하고

감사로 꽃피운다

은혜로다

창조

흑암을 깨어 부수고
웅장한 소리가 세상을 만드니
찬란한 빛이 시작하였고
하늘이 땅을 휘감으며
대자연이 펼쳐지고
거대한 우주 속에 광명이 있어
불타오르는 열정의 태양과
가슴에 비치는 찬란한 별들이
보기에 놀랍고도 놀랍더라

바다를 가르는 힘찬 호흡들이여
하늘로 솟구치는 자유로운 호흡이여
생물들아 놀라움에 소리를 질러라

땅이 웅장한 달음질을 견디며
견고한 성품으로 안식처를 내어주니
동물들아 이 놀라움에 소리를 질러라

흙이 노래하며 순종하였고
모든 생명이 그 순간을 기다리니
그 놀라움에 함성을 질러라

아름다운 사람이여
가장 훌륭하고 아름답도다
모든 창조의 과정이
그대를 위해 놀랍게 준비되었음을
노래하고 노래하라